MIS PRIMERAS PÁGINAS

Título original: *La nuvola Olga e la neve*

© Nicoletta Costa
© Edizioni EL, 2005 (obra original)
© Hermes Editora General S. A. U. – Almadraba Infantil Juvenil, 2009
www.almadrabalij.com
© Clara Vallès, por la traducción del italiano
Este libro fue negociado a través de Ute Körner Literary Agent, S. L., Barcelona
(www.uklitag.com)

Primera edición: febrero de 2009
Primera reimpresión: septiembre de 2012

ISBN: 978-84-9270-236-7
Depósito legal: B-26.319-2012
Impresión: INO-Reproducciones
Printed in Spain

La nube Olga y la nieve

Nicoletta Costa

EN VERANO HACE SOL.

LA NUBE OLGA HACE
POQUÍSIMA LLUVIA.

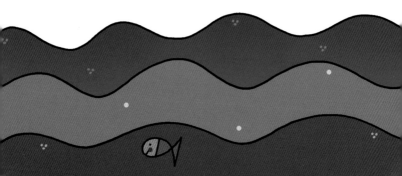

A VECES, OLGA DEJA CAER
UN POCO DE LLUVIA
SOBRE EL PRADO.
¡LA NECESITA TANTO!

ALGUNAS VECES TAMBIÉN
DEJA CAER ALGUNAS GOTAS
SOBRE EL GATO RAMÓN,
CUANDO SE PORTA MAL.

CUANDO LLEGA EL OTOÑO,
EL SOL SE VA
DE VACACIONES.

ENTONCES, OLGA SUELTA
UN CHAPARRÓN.

LA SEÑORA MARISA
COGE EL PARAGUAS.

LA GALLINA FINA,
QUE NO TIENE PARAGUAS,
SE QUEDA EN CASA.

A LOS NIÑOS LES GUSTARÍA
SALIR A PISAR
LOS CHARCOS.

PERO ESTÁ PROHIBIDO.
¡QUÉ ABURRIMIENTO!

EN NAVIDAD,
JORGE LE PIDE UN REGALO
A OLGA: «¡POR FAVOR,
POR FAVOR, OLGA,
HAZ NIEVE!».

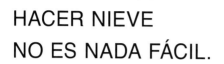

HACER NIEVE
NO ES NADA FÁCIL.

OLGA TIENE QUE
ESFORZARSE MUCHO.

AL FINAL, CON LA AYUDA
DE SUS TÍAS, QUE SON
UNAS EXPERTAS,
OLGA POR LA NOCHE
HACE NIEVE…
¡MUCHA, MUCHA NIEVE!

POR LA MAÑANA, LOS NIÑOS
¡NO SE LO PUEDEN CREER!

«¡GRACIAS, OLGA!»

LOS NIÑOS
SALEN CORRIENDO
A JUGAR CON LA NIEVE.

¡QUÉ MARAVILLA!

…¡Y AHORA, A JUGAR!

¿QUÉ HACE EL SOL CUANDO
SE VA DE VACACIONES?

INTENTA CONTARLO TÚ.

_____

_____

_____

_____

_____

Olga está contenta.

AHORA, ACABA TÚ LOS DIBUJOS.

Olga está enfadada.

Olga está triste.

Olga está dormida.

BUSCA LAS OCHO DIFERENCIAS

ENTRE LOS DOS MUÑECOS.

MIS PRIMERAS PÁGINAS